COMMISSAIRES-PRISEURS DE REIMS

VENTE

Après Cessation de Commerce

DE

M. MOUGINOT

ANTIQUAIRE

A REIMS

REIMS

MATOT-BRAINE, IMPRIMEUR-LIBRAIRE-ÉDITEUR

Henri MATOT (A), Fils et Successeur

6, Rue du Cadran-Saint-Pierre, 6

1902

CATALOGUE

DE LA VENTE AUX ENCHÈRES PUBLIQUES

Après cessation de commerce de M. MOUGINOT, Antiquaire à Reims
17, Rue Jeanne-d'Arc, 17

MEUBLES ANCIENS – BOIS SCULPTÉS – SIÈGES

Bronzes — Pendules — Marbres — Cuivres — Étains

PORCELAINES – FAIENCES

Provenant en partie de la collection de M. MORIZET

OBJETS DE VITRINE & DE CURIOSITÉ

TABLEAUX

TAPISSERIES — ÉTOFFES — TENTURES

PAR LE MINISTÈRE DE

L'UN DE MM. LES	**M. VANNES**
Commissaires-Priseurs de Reims	EXPERT A PARIS
9, rue Salin	**54, faubourg Montmartre**

à l'Hôtel des Ventes de Reims

Les Lundi 10, Mardi 11, Mercredi 12, Jeudi 13,
et jours suivants, s'il y a lieu
à deux heures précises

EXPOSITIONS

PARTICULIÈRE	PUBLIQUE
Le SAMEDI 8 MARS	**Le DIMANCHE 9 MARS**
de 2 heures à 6 heures	**de 2 heures à 6 heures**

NOTA. — Aucun Objet ne sera vendu avant la vente.

CONDITIONS DE LA VENTE

Elle sera faite au comptant.

Les Acquéreurs paieront DIX POUR CENT *en sus de l'adjudication.*

L'exposition mettant les Acquéreurs à même de se rendre compte de la nature et de l'état des Objets, aucune réclamation ne sera admise après l'adjudication prononcée.

L'ordre numérique du Catalogue ne sera pas suivi, quantité d'Objets n'ayant pu être catalogués.

NOTA. — M. VANNES, Expert, faubourg Montmartre, 54, à Paris, et Hôtel du Nord, à Reims, se charge de remplir les commissions d'achat.

DÉSIGNATION SOMMAIRE

MEUBLES

1\. — Commode Louis XVI, en marqueterie de bois de rose et palissandre, à trois rangs de tiroirs, avec marbre Ste-Anne à gorge.

2\. — Commode Louis XVI rectangulaire, en marqueterie, à trois rangs de tiroirs, garnie de bronzes, avec dessus de marbre à gorge.

3\. — Commode Louis XV, en palissandre et marqueterie, garnie de bronzes, chutes et tablier, dessus de marbre brèche à doucine.

4. — Commode forme tombeau, époque Louis XV, en palissandre et marqueterie, garnie de bronzes, chutes, sabots, entrées de serrures et poignées, avec dessus marbre brèche, chantourné à doucine.

5. — Commode Louis XV, en bois de rose et palissandre, à trois rangs de tiroirs, garnie de bronzes, chutes et tablier, avec marbre griotte à doucine.

6. — Commode hollandaise, en marqueterie de bois des Isles, époque Louis XV, à plateau marqueté et chantourné, décorée de fleurs, d'oiseaux et de volutes (provenant de la vente de Léon Fouché).

7. — Commode Louis XV, en bois de rose, bronzes dorés, à deux tiroirs, dessus de marbre griotte à doucine.

8. — Commode Louis XVI, en marqueterie de bois des Isles, à deux tiroirs, décor à damiers, dessus de marbre Sainte-Anne, à gorge.

9. — Petite Commode Louis XV, en palissandre et marqueterie, à deux tiroirs, à galerie ajourée.

10. — Grand Secrétaire Louis XVI, en marqueterie et ronce.

11. — Petit Bureau de dame, à dos d'âne, en bois de rose et palissandre, époque Louis XV, les côtés sont chantournés, intérieur marqueté.

12. — Petite table de nuit forme rognon, en bois de rose et palissandre à un tiroir, avec tablette d'entretoise.

13. — Bureau de dame, en palissandre, à dos d'âne, époque Louis XV.

14. — Meuble d'encoignure, époque Louis XVI, en bois de rose et palissandre, marbre Sainte-Anne à gorge.

15. — Console époque Louis XV, en bois sculpté, réchampie blanc, face à coquille, marbre chantourné à doucine.

16. — Console Louis XV, en bois sculpté, à un seul pied, dessus de marbre, chantourné à doucine.

17. — Belle armoire normande, Louis XVI, à deux portes, sculptée d'attributs, fronton à óves, cordes à puits, à deux portes vitrées.

18. — Meuble à une porte, renaissance, à panneaux pleins et sculptés.

19. — Table de nuit Louis XVI, à coulisse, avec dessus en marbre Sainte-Anne.

20. — Petite table de nuit Louis XVI, bois de rose et palissandre avec porte à coulisse.

21. — Table poudreuse de style Louis XV, en bois de rose et palissandre à filets.

22. — Petite console époque Louis XVI, à galerie, avec dessus de marbre.

23. — Deux pilastres d'époque Louis XIV, en bois sculpté et doré, ornés de statuettes et de fragments de glace, pièce d'autel.

24. — Chambre à coucher Empire, en acajou, décorée de bronzes dorés, composée de : un lit à bateau et à canons, un secrétaire à abattant, un guéridon et une toilette.

25. — Console Empire, en acajou, à filets de cuivre, sur colonnes à têtes de femmes, dessus marbre blanc.

26. — Une console demi-lune, bois de rose et palissandre, époque Louis XVI.

27. — Une console en chêne, époque Louis XVI, dessus de marbre à gorge.

28. — Console en bois sculpté et doré, style Louis XV, marbre blanc chantourné à gorge et à doucine.

29. — Une autre console semblable à la précédente.

30. — Grande armoire d'époque Louis XIV, en noyer, à filets noirs, coins ronds, fronton à grecque.

31. — Grande armoire d'époque Louis XIV, en chêne, à côtés sculptés et quadrillés, avec rosace au centre et à la partie supérieure.

32. — Buffet d'époque Louis XV, en chêne sculpté, à portes moulurées, et à fronton chantourné et mouluré.

33. — Grande horloge à gaine, époque Louis XIV, en chêne, garnie de bronzes.

34. — Meuble bahut, à deux corps, en chêne sculpté d'époque Louis XIII, à quatre portes et deux tiroirs.

35. — Commode Louis XV, à trois tiroirs, décorée de bronze.

36. — Buffet d'époque Louis XV, à deux corps, portes moulurées.

37. — Buffet d'époque Louis XIII, à deux corps, deux tiroirs, cinq vantaux à moulures et à colonnettes.

38. — Console demi-lune, style Louis XVI, en bois peint, marbre à gorge.

39. — Buffet d'époque Louis XV, à deux corps, à portes et frontons sculptés et moulurés.

40. — Armoire à fronton d'époque Louis XV, à panneaux moulurés.

41. — Cheminée d'époque Louis XV, en chêne mouluré, à trumeau peint.

42. — Cabinet Louis XIII en ébène, sur pieds à colonnettes.

43. — Commode Louis XV en chêne, à trois tiroirs, garnie de bronzes dorés.

44. — Grande armoire époque Louis XIII à pointes de diamants, deux vantaux.

45. — Armoire en chêne époque Louis XV, deux vantaux sculptés.

46. — Armoire chêne époque Louis XVI, portes et fronton sculptés, oiseaux, bouquets, draperies.

47. — Armoire Louis XV, deux vantaux à moulures.

48. — Armoire Louis XVI, fronton cintré, panneaux sculptés de fleurs, d'attributs et d'oiseaux.

49. — Armoire Louis XIII chêne, deux vantaux.

50. — Armoire à deux portes, sculptée de médaillons, chicorées et fleurs.

51. — Armoire Louis XV à une porte, en chêne sculpté.

52. — Boite d'horloge chêne, époque Louis XIV.

53. — Chaise à porteur, époque Louis XVI, à panneaux unis.

54. — Ecran de style Louis XV.

55. — Vitrine acajou, époque Louis XVI, deux portes, galerie et filets cuivre, côtés cannelés.

56. — Secrétaire acajou, époque Louis XVI, côtés cannelés et coins ronds, marbre basalte.

57. — Un lit et une table de nuit, palissandre et marqueterie, époque Louis-Philippe.

58. — Vitrine Louis XVI, acajou, filets de cuivre, glace biseautée.

59. — Guéridon en acajou, époque Empire, sur 3 pieds, marbre noir.

60. — Commode Louis XV en acajou, galerie, filets de cuivre et marbre blanc.

61. — Belle console, époque Louis XV, bois sculpté, marbre brèche chantourné à doucine.

62. — Commode Louis XV en chêne.

63. — Grand vaisselier d'époque Louis XV en chêne, à trois vantaux et tiroirs sculptés à coquilles.

64. — Vaisselier de style Renaissance, les portes et les tiroirs sont sculptés.

65. — Petit bahut d'époque Louis XV, à une porte sculptée.

66. — Fauteuil d'époque Louis XIV, garni de tapisserie, au gros et au petit point de Saint-Cyr. Ce fauteuil a été restauré.

67. — Environ 80 sièges des époques Louis XV et Louis XVI, fauteuils, chaises, canapés, bergères, causeuses, marquises, chaises longues en bois sculpté et réchampi. Ce lot sera divisé.

68. — Chaise longue époque Louis XVI, à tabouret, couverte en soie à rayures.

69. — Beau fauteuil style Louis XIV, bois sculpté et doré, le siège et le dossier sont foncés de canne.

70. — Fauteuil Louis XIV, bois noir, sculpté, garni de bandes en tapisserie au point à la main.

71. — Meuble de salon composé : d'un canapé, quatre fauteuils, quatre chaises de style Louis XV, bois sculpté et doré, couvert en damas de Lyon cramoisi.

72. — Six chaises Louis XVI, à dossier cintré, réchampi blanc.

73. — Deux fauteuils et quatre chaises d'époque Empire, en acajou et filets de citronnier, à dossiers cintrés.

74. — Meuble de salon Louis XVI, composé : d'un canapé, quatre fauteuils et deux chaises peints en blanc.

74 *bis*. — Bon piano à cordes obliques.

75. — Une banquette de la Régence, en chêne finement sculpté, les pieds sont ornés de mascarons, le croisillon est restauré.

76. — Lit de style Louis XVI, à grand et petit dossier, sculpté de raies de cœur, de cordes à puits, rangs de perles et garni de soie brochée à médaillon, fond crème.

BOIS SCULPTÉS & BOISERIES

77. — Glace Louis XV, en bois sculpté réchampi blanc.

78. — Glace Louis XVI, cadre bois sculpté et doré, à chute et fronton sculptés d'attributs et de feuilles de lauriers.

79. — Harpe Louis XV à crosse sculptée.

80. — Quatre colonnes Louis XV, à futs cannelés et sculptés, à chapiteaux dorés d'ordre corinthien.

81. — Petite glace Louis XIII, cadre en bois sculpté et doré.

82. — Deux petites glaces médaillons, d'époque Louis XIV, cadres bois sculpté et doré.

83. — Rouet d'époque Louis XIII, en bois tourné avec son fuseau.

84. — Importante boiserie d'époque Empire en bois peint blanc et parties touchées d'or, sculptée d'oves, de rangs de perles et de feuilles acanthes ; composée de : portes, lambris, encadrement de fenêtres, pilastre, etc.

85. — Grand cadre d'époque Louis XVI, cintré, en bois doré et sculpté de feuilles de lauriers.

86. — Environ trente cadres d'époques diverses. Ce lot sera divisé.

87. — Lot de bois sculptés, statuettes, panneaux d'époques diverses. Ce lot sera divisé.

BRONZES — MARBRES — PENDULES

88. — Importante garniture de cheminée en bronze doré, de style Louis XVI, composée : d'une pendule à sujet et de candélabres à cariatides de femmes, à bouquets de lumière et de fleurs de lys.

89. — Pendule d'applique époque Louis XV, ornée de bronzes et de peintures à fleurs.

89 *bis*. — Pendule fin Louis XVI, en marbres blanc et noir, montée sur pyramides.

90. — Petite pendule style Louis XVI à sujet, bronze doré et marbre.

90 *bis*. — Pendule d'applique et sa console, en marqueterie genre de Boule, surmontée d'une renommée.

91. — Pendule époque Empire, à sujet, danseuse en bronze patiné et doré.

92. — Pendule époque Empire, en bronze doré, femme et guirlande.

93. — Pendule d'époque Empire, en bronze doré, à sujet géographique, sur socle à draperies.

94. — Pendule époque Empire, en bronze doré au mercure, à sujet (la bulle de savon).

95. — Garniture de cheminée époque Empire, en bronze doré et patiné, composée d'une pendule surmontée d'une statuette d'Apollon, et de deux candélabres à sujets guerriers.

96. — Pendule Directoire en marbre noir et bronze doré, décor à palmettes.

97. — Pendule époque Louis-Philippe, bronze doré, marbre rouge à sujets et attributs guerriers.

98. — Petite pendule d'époque Empire, bronze doré, sujet amour et attributs de musique.

99. — Pendule d'époque Empire, bronze doré, représentant Télémaque.

100. — Pendule d'époque Empire, bronze doré, la *Mère de famille*.

101. — Dix pendules d'époques et de styles divers : ce lot sera divisé.

102. — Quinze paires d'appliques bronze et cristaux, de styles et d'époques divers.

103. — Lustre d'époque Empire, bronze et cristaux, modèle à cors de chasse.

104. — Lustre en bronze patiné et doré à huit lumières, époque Charles X.

105. — Important lustre et quatre appliques bronze doré et cristaux.

106. — Lustre hollandais en cuivre poli de style Louis XIII.

107. — Quatre couronnes et montures de lustres, en bronze doré.

108. — Six lustres bronzes et cristaux genres divers. Ce lot sera divisé.

109. — Une paire girandoles bronze argenté, époque Louis XVI.

110. — Une paire de girandoles en bronze argenté d'époque Louis XV.

111. — Vingt paires de flambeaux, bronze doré ou argenté, d'époques Louis XV, XVI, et Empire.

112. — Une paire de chenets style Louis XV, bronze doré, d'après Oudry.

113. — Paire de chenets Louis XIII, cuivre poli.

114. — Cinq paires de chenets genres divers. Ce lot sera divisé.

115. — Cinq galeries de foyer. Ce lot sera divisé.

PORCELAINES — MARBRES

116. — Deux vases d'époque Empire en porcelaine décorée et peinte.

117. — Une paire potiches à couvercle, en porcelaine de Chine (Canton).

118. — Statuette d'Apollon, marbre blanc.

119. — Deux gaines marbre et mosaïque de couleur.

120. — Groupe en biscuit, *Berger et Bergère.*

121. — Groupe en biscuit, *Bergère et Marquis.*

122. — Statuette biscuit, *Le Dénicheur d'Oiseaux.*

123. — Statuette en biscuit, en costume Henri II.

124. — *Le Penseur*, de Michel-Ange, en marbre serpentin.

125. — Petite pendule en biscuit, les *Vendangeurs*.

126. — Socle de pendule d'applique en marqueterie, genre Boule.

127. — Deux statues demi-grandeur, bacchantes, en terre cuite, par Nadaud.

FAIENCES

Provenant en partie de la collection de M. MORIZET, ancien Notaire à Reims.

---

128. — Plat en ancienne faïence de Strasbourg, décor aux Chinois.

129. — Plat rectangulaire chantourné, en ancienne faïence de Marseille, décor à fleurs.

130. — Soupière et son plateau en ancienne faïence du Pont-aux-Choux, décor blanc en relief.

131. — Soupière en terre de Lorraine, époque Empire, décor aux armées impériales.

132. — Soupière en terre de Lorraine, décor Louis XVI.

133. — Jardinière en faïence de Strasbourg, décor à fleurs.

134. — Jardinière rectangulaire en Moustier, décor de grotesques en polychrome.

135. — Jardinière en vieux Strasbourg, décor au Chinois.

136. — Vase balustre en vieux Delft, décor de pastorales.

137. — Casque en vieux Rouen, décor à lambrequins.

138. — Bouteille en vieux Delft, décor à fleurs.

139. — Statuette de Vierge, en vieux Nevers.

140. — Deux pots à tabac, en faïence de Nevers.

141. — Légumier en vieux Marseille, chantourné, décor à fleurs, bouton de pavot au couvercle.

142. — Plateau chantourné en porcelaine de Fismes, décor à fleurs.

143. — Paire de bouquetières en faïence de Marseille, décor à draperie.

144. — Pot à cidre en Saint-Clément.

145. — Plat en Delft, décor bleu.

146. — Plat en Delft, décor bleu.

147. — Plat en Delft, décor bleu.

148. — Plat hexagonal en vieux Rouen, décor au Chinois, marli quadrillé.

149. — Six assiettes en vieux Japon.

150. — Quatre petits plats en vieux Marseille, bords dentelés.

151. — Grand plat en faïence italienne, armoiries au centre, et marli et godrons.

152. — Soupière en faïence italienne.

153. — Bouquetière en forme de commode, faïence de Nevers.

154. — Plat en vieux Rouen, décor à la corne.

155. — Plat en faïence italienne, décor à grotesques.

156. — Petit plat en Urbino, Andromède délivrée par Persée.

157. — Plat en vieux Rouen chantourné, décor de fleurs et lambrequins.

158. — Plat en Moustier, bords festonnés, décor bleu.

159. — Assiette en Rouen, décor à la corne.

160. — Plat long en Strasbourg, décor au Chinois.

161. — Lion en terre d'Avignon.

162. — Quatre assiettes en faïence de Nevers.

163. — Plat en vieux Delft, fleurs et oiseaux.

164. — Plat en vieux Delft, décor à compartiments, fleurs.

165. — Assiette en porcelaine de Saxe.

166. — Assiette en Marseille à fleurs.

167. — Corbeille en Strasbourg, marli ajouré.

168. — Pot à lait en porcelaine de Fismes.

169. — Pot à crème en porcelaine de Fismes.

170. — Deux assiettes en Nevers, décorées de paons.

171. — Cent cinquante pièces en faïences diverses de Rouen, Nevers, Sinceny, Delft, Strasbourg ; théières, tasses, plats, assiettes, porte-huiliers, verseuse, encriers. Ce lot sera divisé.

172. — Six tasses et soucoupes en porcelaine de Sèvres.

173. — Douze verres de Venise, flutes à grains d'orge.

174. — Soixante pièces verreries diverses.

175. — Pièce de milieu en terre d'Avignon.

176. — Vache en vieux Delft.

177. — Verre à couvercle, gravé d'armoiries.

ARGENTERIE

178. — Porte-huilier de Louis XVI à statuettes et mascaron.

179. — Petit Hanap, style Renaissance, en argent ciselé de fleurs avec médaillon de sujets mythologiques, l'anse en volute est formée d'une statuette, travail italien.

180. — Paire de bougeoirs en argent de style Louis XV à fleurettes et mascarons.

181. — Un huilier, quatre salières et un moutardier à volutes.

182. — Gobelet gravé et guilloché.

183. — Dix couteaux à dessert, manches argent, fin Louis XV.

184. — Deux couteaux, une fourchette en vermeil, manches en cornaline.

185. — Petit plat style Louis XVI.

186. — Montre Louis XVI en or, deux tons, châtelaine et breloques.

187. — Montre bassine en or, époque Louis XVI.

188. — Montre en or Louis XVI.

189. — Différents objets de vitrine, en or et argent, miniatures, flacons, boucles, agrafes.

ARMES — CUIVRES

190. — Fontaine d'applique et son bassin en cuivre poli.

191. — Paire de bustes d'empereurs romains.

192. — Paire de bustes, bronze et marbre.

193. — Beau sabre oriental en cuivre ciselé, gravé et orné de cabochons, ayant appartenu au maréchal Oudinot, et provenant de sa vente.

194. — Epée de chasse, lame gravée, quillons et garde ciselés de sujets de chasse.

195. — Paire de pistolets Louis XV, garniture argent.

196. — Dix épées de cour d'époques diverses.

197. — Lot d'armes diverses, fusils, tromblons, sabres d'Orient et autres, éperons en argent ; ce lot sera divisé.

198. — Lance en fer forgé de la Renaissance.

199. — Lot de casques et de cuirasses.

200. — Important lot de bronzes dorés et ciselés, poignées, entrées de serrures, pièces de meubles divers, commodes, secrétaires, cabinet, etc.

TABLEAUX — GRAVURES

201. — Lebrun (Charles), 1619-1690. Important et beau tableau représentant un épisode des batailles d'Alexandre. Hauteur 2m70, largeur 2m40.

202. — Van Baelen, 1560-1688. Scène tirée de l'*Histoire Sainte*. Au centre du tableau, Adam et Eve. Eve présente la pomme à son époux. A gauche, pendant qu'Adam sommeille, le Seigneur crée la femme. A droite, Adam et Eve sont chassés par l'ange Gabriel. — Bonne peinture sur cuivre. Hauteur 0m70, longueur 0m90.

203. — Bourguignon (Ecole de). *Scènes de bataille.*

204. — Bourguignon (Ecole de), pendant du précédent.

205. — Grisaille, *Scène de vendange*.

206. — Trois gouaches, *Paysages d'Italie*.

207. — Quatre gravures en couleurs, tirées du roman *Paul et Virginie.*

208. — Deux trumeaux Louis XV avec peinture, école de Raphael.

209. — Tableau, école ancienne.

210. — Environ 120 tableaux d'écoles et d'époques diverses. Ce lot sera divisé.

211. — Cinquante miniatures et plaquettes. Ce lot sera divisé.

212. — Cent dix pièces d'étagère et de vitrines. Ce lot sera divisé.

TAPISSERIES

213. — Tapisserie verdure de Felletin, à décor d'oiseaux, de fleurs, de vues de châteaux et de terrasses. La bordure n'est complète que sur trois côtés. Longueur 4m80, hauteur 2m20.

214. — Tapisserie verdure, de Felletin, décorée d'oiseaux et d'arbres. Bordure complète sur trois côtés. Hauteur 2m10, largeur 2m60.

215. — Tapisserie de Felletin, verdure. Bordure complète sur trois côtés. Hauteur 2m10, largeur 2m20.

216. — Tapisserie de Felletin, verdure à petits personnages, et vue de château à gauche. Hauteur 2m80, largeur 1m60.

217. — Tapisserie verdure de Felletin, d'époque Louis XIII à personnages, sujet de chasse, avec sa bordure. Hauteur 2m80, largeur 1m50.

218. — Tapisserie verdure de Felletin, d'époque Louis XIII, à deux personnages avec sa bordure. Hauteur 2m90, largeur 1m70.

219. — Tapisserie verdure de Felletin, arbres et oiseaux, avec sa bordure. Hauteur 2m75, largeur 3m30.

220. — Trois bandes en tapisserie d'Aubusson ; lot de grands tapis de Smyrne et d'Aubusson. Ce lot sera divisé.

221. — Lot de sièges en tapisseries diverses.

222. — Chasuble Louis XVI, étole et dessus de calice en soie brochée, tissée d'argent et galonnée.

223. — Gilet Louis XVI en soie brochée et tissé d'argent.

224. — Lot de soieries diverses, chasubles, étoles, chapes, d'époques diverses. Ce lot sera divisé.

225. — Lot de toiles de Jouy.

226. — Important lot de gravures et de lithographies, venant en grande partie de la vente de M. Delécluse de Reims. Ce lot sera divisé.

227. — Sous ce numéro, grande quantité d'objets n'ayant pu être catalogués.

86483 Reims. — Imprimerie MATOT-BRAINE, rue du Cadran-Saint-Pierre, 6.

TABLE DES MATIÈRES

RED. :

15

0 1 2 3 4 5 6 7 8 9 10

www.ingramcontent.com/pod-product-compliance
Ingram Content Group UK Ltd.
Pitfield, Milton Keynes, MK11 3LW, UK
UKHW022153170726
13837UKWH00004B/1962

9 782329 312439